사는 게 다 시지

유기택 시집

사는 게 다 시지

달아실시선
41

달아실

일러두기

1. 본문에서 하단의)는 '단락 공백 기호'로 다음 쪽에서 한 연이 새로 시작한다는 표시임.

2. 보조 용언과 합성 명사의 띄어쓰기 등 본문의 맞춤법은 시인의 의도에 따른 것임.

시인의 말

살았다

2021년 6월

유기택

차례

사
는
게
다
시
지

1부

중도中島

우리가 전에 어디서 만났던가요

젊은 사내의 수작 같은
이것은 부족장의 밀사를 기다리는 수하誰何의 밀약

본래 바람의 땅, 수런거리는 춘천시, 수상한 중도동
중도 가까이서는 그런 수작을 하는 게 아니다

바람 부족이 뿔뿔이 흩어져 사라진 물 벌판을 지나
민박 같은 집들 창문에 드문드문 불이 들어서는 저녁

이름도 낯선
섬이 아니던 중도동과 수변 공원을 회복하라
만 년을 기다린 부족장의 봉화가 둥두렷이 올랐다

풀을 깎는 인부들이 돌아가는 발자국 소리를 들으며
생나무 울타리 아래로 기어 다니는 바람의 파르티잔

일어서야 해

일어서야 해

혁명이다

목을 쳐도, 초록 한 방울 솟구치지 않는 전사들과
불멸의 바람을 다 풀어 벌판을 점령하라는 초록 밀지

전운이 떠돌던 저녁, 개망초들의 함성을 이끌고
마침내 춘천대교 위로 보름달이 떠올랐다

모래톱 아래 숨어 지내던 마을 하나가 솟아오르고
만 년 전 마을 곳곳에 화톳불이 피어오르고
둥그렇게 둘러앉은, 메꽃 같은 화광 속 사람들이
푸른 안개를 만들어 강물 위로 흘려보내기 시작했다

메꽃이 버드나무에 목을 맸다

돌도끼를 어깨에 멘 허깨비 같은 사람들 틈으로
개전을 알리는 이 신호가 밤새 허공을 떠돌아다녔다
〉

그 밤을 뒤로
바람 소리가 소처럼 시퍼렇게 깊은 날이면
어디서 검은 가마우지가 날아와 풀등에 우두커니 서서
그 바람 속을 들여다보며 생각에 잠기는 날이 많았다

실패하는 혁명은 없다
성공한 혁명의 완성을 위해 만 년을 더 기다려야 한다

날마다 떠나는 여행 중

자전거를 탑니다
오늘 규칙은 하나, 느리게 달릴 것

돌아와야 해서
이건
아내에게 지켜야 할 약속입니다

돌아가기 위해
"느리게"와 "달릴 것"의 배반으로
넘어지지 않으려면, 달려야 합니다

느리게 달려야
겨우, 보이고 들을 수 있던 것들은
누구나 다 아는 비밀이어서
잊어버림 노트 갈피에 접었습니다

옥수숫대 읽기

낮밤으로 비바람이 몹시도 사나웠다

두 이랑 심은 옥시기들이 드러누웠다
하나같이, 편해지기로 작심했던 모양

일으켜 세우려 해도 막무가내다

더 하면 부러지고 말 터
북을 주고 밟아두었다

당장은 일어선 형상이지만
미덥지 않은 표정으로 구부정히 섰다

아내는 저녁 예배를 보러 갔다

나는 일찍 자려고 누웠다
저무는 저녁 하늘을 누워 바라보았다

쏟아지는 잠을 참으며

시퍼렇게 골난, 옥시기들을 생각했다

가만두어야 했던 걸까

아직, 한참을 푸르스름한 저녁이었다

후드득

무엇이었을까
단단히 물었던 이빨들이 풀렸다

탄식이었다

지나가는 중이었다

밤비가
낡은 실밥이
알밤이
헤픈 지퍼가
구름 사이로 지나가는 보름달이
영문을 알 수 없는 꿈들이

지나가는 당신이 보였다

우리가 아직
서로 모르고 지내던 때였다
〉

누구나 그런 줄곧
익으면 떠났다

처음 내게 오던 날처럼
당신은 햇살 좋은 날 떠나라

잠이 꿉꿉하면
이불 홑청 뜯는 소리가 났다

홑청은 그렇게 뜯어야 제맛

두드려 빨아
흰 구름처럼 말렸다

희푸릇이 말려 다듬이질을 했다

엄마 같은 세월이 가느라 그랬다
괜히 덜컥했다

귀가

자전거가 나를 동댕이쳤다

머리를 바닥에 부딪쳤다
생각을 바닥에 쏟았다

머릿속이 휑하니 비었다

일어나 집에 가고 싶었다

얼른.

반짝 떠오른
그 생각만 남았다

집에 닿자 잠이 들었다

단순하고
알 수 없는 꿈을 꾸었다
〉

좀 더
누워 있어야 할 것 같았다

마지막엔 집에 가고 싶다
돌아가기 맞춤한 길

온몸의 힘을 모아
사지를 안으로 끌어모으던
우물 같은 눈가에
눈물 한 방울 맺혀 마르던

아주 오래전 겨울에 추락한
비계공을 안다

잠깐 허공을 쏘아보던 그
망설임을 단숨에 이해했다

욕 반찬

풀치

꼿꼿이 서서 헤엄을 치는 성마른 갈치 새끼

먹자

도라지, 꽃이 피었다

돌무덤에 도라지꽃 피었다

누가 돌을 쏟아 놓고 갔다
누가 도를 쏟아 놓고 갔다

도라니 '도오' 하고 피었다

위시본

고무줄 새총을 만들었다
손가락에 고무줄을 걸어 쏘게 만들었다

손가락 하트를 열어 만든
새의 가슴뼈에 새를 걸었다

달로 날렸다

새의 밤 쪽으로 새가 날았다

달의 뒤쪽으로 가는 길이 새로 열렸다

달리던 자전거에서 날아오른
나를 힘껏 당겼다 놓은, 그 저녁이었다

새총을 만들어 새를 하늘로 쏘아 올리고
불꽃놀이 핀 박꽃처럼 웃었다

그러고 열흘, 매일 메일을 열어 보았다
〉

그러고도 한참을, 새소리를 듣지 못했다

* 위시본: 새의 목과 가슴 사이에 있는 v자 형 쇄골. 이것을 지니면 액을 막아주고 행운을 불러온다고 하는 속설이 있다.

매미, 생은 이제 아름다웠다

드러눕고 싶은 생이 있다

일곱 해를 기다려, 일곱 날을 울었다

일곱의 전생을 건너와 다 살았다

자그마치
염천 칠월 한길로 칠성판을 깔았다

타인의 낯선 죽음에 쉽게 동의했다
산 자들의 슬픔을 장사 지냈던 것

그럴 리 없는
단발 총소리가 들렸다

총소리가 날아간 쪽으로
적막한 구멍이 하나 길게 생겨났다

고요를 아물린 정적

빙하 속에 갇힌 공기 한 방울

젊은 나이에 죽은 형은
이제 나보다 어리다

벽을 아무리 두드려도 안이 안 들리는
좀 눕고 싶은 안이 있다

태생이 우발적일 수 없는 총을
오래전부터

손잡이를 아름다운 상아로 장식한
쓸쓸한 권총 한 자루를 가지고 싶었다

여름 아침

뚜벅 걸음에 놀란
참새 떼가 비눗방울처럼 날아올랐다

흐린 그림자, 공기 방울 풍선들이
웃음 부딪으며 깔깔거리다 터졌다

햇구멍 열린 아침 강가 덤불서 솟아
둥실거리다
가뭇없이 사라지는 흐린 열 몸살들

참새 떼가 날아오르며 흩은
당신 생각
칡꽃 향이, 바람에 어지럽게 날렸다

쇼팽의 녹턴을 들으며

비 그친 저녁
저무는 하늘을 누워서 바라보는 건

다 저문 저녁 길에 혼자 서서
갑자기 솟구친 울음을 바라보는 것

시드는 좀말먹물버섯을 물끄러미 바라보는 것

안이 가만히 저물다
밖이 안 보일 때까지 어두워지는 것

생의 우기를 건너는 법

비가 내리기 시작하고부터
하루에도 여러 번 양말을 갈아 신었다

우기를 지나며
비가 내리면, 고양이처럼 웅크리고 졸거나
비가 그친 틈을 타 아무 데로나 걸었다

발이 젖었다

처음엔 운동화 한쪽이 새다
마침내 양쪽이 모두 새기 시작했다

짝발이었던 걸 안 건
비가 내리기 시작하고부터의 일이다

신을 새로 마련할 때란 생각은 들었지만
그저 막연히 해 본 생각이었다

계획이 분명하지 않은 생각은

새로운 양말을 계속해서 적셔냈다

배고픈 고양이들의 우울한 눈빛을 보았다
허물이 많은 생이다

양말을 벗어 널고 웅크리고 앉아
질척거리는 허물이 마르기를 기다렸다

생의 허물들을 즐비하게 줄에 건 뒤로
비가 내리건 말건 맨발로 걷기 시작했다

발이 젖었지만 이내 말랐다

잘 마르지 않는 허물이 못마땅했던 것
신도 허물이었다

우기의 조증이 어머! 명랑해지기 시작했다

연탄재 랩소디

그리움이 앙상한 여자를 사랑했네
마른 섶 단 같은 여자를 사랑했네

사랑은 그저 지나가는 길이었네

갑자기 불기 시작한 바람이나
밤비 소리나 따라 울 줄 아는
소리 없는 웃음이 푸석한

사랑이 지나가는 여자를 사랑했네

타버린 연탄재였네
가볍고 단단하였네

물기 걷히고
사는 일은 그럭저럭 가벼웠네

바람 잦으며
사진 속으로 들어가 단단해졌네
〉

우는 일은 없네

그저 지나가는 중이었네

웃음 모서리도 천천히 허물고 있는
희부윰한 연탄재 여자를 사랑했네

우기雨期

'너른'이라고 말하자
들꽃들이 연이어 피던 들판이 들어섰다

줄곧 비가 내렸다

나는 며칠이고 빗살에 갇혀
비가 내리고 있는 들판을 궁금해했다

축 늘어진 젖은 양말들을
잘 마르지 않는 것들을 줄에 널다

풀죽었다

감자꽃도 고구마꽃도 다 죽었다

마당이나 댓돌 위에 생겨난
작은 물웅덩이에 피는 동심원들을 세다
어디고, 편지를 쓰고 싶었다
〉

지금 여기는 비꽃이 한창이에요

잠깐씩 걸음을 멈추던 좁고 긴 들길도
거기서 그리웠던 모두 지나간 일이었다

다시 '서른'으로 잘못 읽다 아득해졌다
그건 옛날 일이었다

비를 쌌다

빗줄기 내리꽂는 소리가
정수리를 관통했다

판이 돌기를

기다린다

몸통 어디쯤을 지나고 있는지

감감하다

막걸리 먹은 대답으로 나왔다

샘밭 장날
나는
비 쌍피를 먹었다

패했다

눈부신 말

이소

그 잠깐

골똘한 무슨 생각에 잠긴 듯
바람을 품에 맞아들이는 동안

새끼 매가
둥지 10cm 위에 가만히 떠 있다

허공을 비껴 쏘아보는 운명의 빛

그건 그저
한없이 가벼워지는 일이었다

소양강댐

막았던 강을 열면
참았던 불안이 다투어 빠져나갔다

위대한 묘약

기상 관측 이래로 가장 길었다는 장마 날 수, 며칠이고
비가 내렸다

현관 안으로 들인 소피아 고무나무에서 헛뿌리들이 자
라기 시작했다

젖은 신발 속 발가락들이 내지르는 비 냄새의 교성을
끌어다 덮으며
희고 가늘고 긴 젖은 발가락의 오해에 관한 이야기를
오래 나누었다

2부

적적 주의보

뒤숭숭한 꿈이었습니다
며칠이고 붉은 강이 흘렀습니다

이제는, 흙탕물을 뒤집어쓴 갈대숲이
강바닥에 누워 누렇게 마르고 있습니다

붉은머리오목눈이들이 안 보입니다

갯버들 군락은 아직 가 보지 못했습니다

아침이면 떼 지어 날던 가마우지도
거의 보이지 않습니다

강둑길에서 새들 울음소리가 그쳤습니다

사나운 꿈을 피해 달아났을 겁니다

쓸려가고 남은 것들이
〉

밀려드는 붉은 강물을 가로막던 갈대들이
앞엣것들이 쓰러지며 제 몸으로 감싸 안은
뒤엣것들만 어리둥절해 일어서고 있습니다

한차례 흉포한 꿈이 쓸고 간 강 숲에는
바람만
한낮의 조문객처럼 드문드문 다녀갈 뿐

한동안 적적하겠습니다

야화

새벽 한 시, 옆집 시멘트 담장 아래서
사랑 하나가 끝나고 있네

뿌리치는 여자를 달려가 돌려세우고
애완견 같은 사내 하나 통사정을 하네

단 세 마디
딱 한 번만, 제발 , 응

화내다 달래다 우는 시늉을 하는 여자
사내가 급하게 무릎을 꿇네

알았으니까 오빠 오늘은 그냥 집에 가
사내는 여자의 오빠였네

사내가 인도 경계석에 앉아 넋을 놓네
예정이 어그러지고 있었을 것이네

날 버려두고 가라구

오빠가 가야 나두 갈 거 아니냐구

텔레비전 드라마 여럿을, 이미 보아서
나는 다 알겠네

사내는
여자의 포장지를 벗기고 싶었던 것이네

그때 옆집 담장 위에서는
나팔꽃이 보라보라 피고 있었을 것이네

사랑 하나가, 지루하게 끝나고 있었네

실업 급여

비가 여러 날 그치지 않고 내렸다

물이 공중으로 차오르기 시작하자
물속으로 새가 날아다니고
사람들은 물거미로 바뀌어 갔다

살아야겠단, 한결같은 생각으로
물거미 집들이 새로 더 생겨났다

물여뀌 꽃대궁들이 자주 흔들리고
일자리가 줄었다

일자리를 잃고 돌아오는 사람들은
바깥 공기를 집으로 물어들였다

그들이 돌아올 때마다
공기 방울 집이 조금씩 부풀었다

젖은 건빵처럼 맥없이 풀어지는

플래카드 선언 같은 허풍이었다

눈부시게 맑은 저녁을 기다려
하루살이가 희롱하는 생의 원무

어른거리는 꿈을 꾸다 지치면
부풀어 오른 적요를 먹어 치우고
비좁은 집을 피해 밖을 다녀왔다

희망 일자리를 빈칸으로 남겨 둔

쉬지 않고 비가 내리는
애꿎은, 다음 날 새벽 쪽으로였다

실업의 색즉시공

빨랫줄에 빨래집게들은 실업 중이다

주낙에 입 다문 플라스틱 피라미들
색색이 묵언 수행 중이다

어제는 햇발이 즐거웠는지
잘도 조잘거리는 낮이더니

바람만 입에다 물려주면
비 오는 날의 공즉시색이 다 뭐냐고

바로 두 귀가 쫑긋해지는 명랑 부족

잡부

손이라는 타고난 슬픔, 덩굴손을 보라

삶의 쪽이 무참無慚하여 손을 내밀 때
허공으로 번지는 눈부시게 푸른 문장

자전거 도로 무단 횡단을 노리는
초록 연가시, 가시박 덩굴손 하나

로드킬 당하며 손을 흔들어 보이는 항변

슬픔에만 복무하겠다는 귀화의 선 서약을
공중에다 흔들어 보이는 투항의 빈손

웃음의 완성

빡빡한 슬픔이 풀렸다

맥없이 빠져나갔다

길바닥에 말라붙은 청개구리

어이없이 납작한

슬픔서 물이 빼면
단단한 웃음만 남았다

웃어 보여주는
입안에 아무것도 없다

허섭한

소리가 나지 않는, 아

가을 우주

알밤을 쏟았다
빈 별이 공중에 매달려 있다

지구에서는
간 떨어지게 놀란 낙담들이
발붙일 곳을 찾다

지구가 통째 허공에 떠 있다

다른 곳에선
별이 낙엽으로 진다. 하기도

아내가 가을입니다

회오리밤을 쏟고
마른 밤송이가 피었다

시월

샘밭

송어 떼가 가끔 물살을 거슬러 오른다는 소양강을
살 오른 갈대꽃들이 강물 절벅거리며 건너고 있다

서 있다
발 시려 저러고 있을

나는 모른 체하고
시들한 플라타너스 이파리 그늘 아래 앉아 있었는데

어떤 몽당그리움이 들어

첫눈이 내려
저 등짝에 쇠덕석처럼 덮이겠구나 했다

눈살이 졸려 풀어지며, 푸근해지는 가을 낮이었다

데드플라이

천 년 전 낙타의 추억이 말라붙은 물웅덩이

말라 죽었다는

천 년을 말라 죽는 낙타가시나무 그림자들이
낙타들의 혓바닥을 되새김질하다 소스라치는
저승

그림자 아직 어물거리는 이승

나미브 사막에 있다는
정말 그런가. 아무것도 없다는 나미브

어느 풍문의 헛무덤이 저렇게 당당한가

시내버스는 안 오고 천 원 한 장 동전 몇 닢
나는 어째서 자꾸 호주머니 속으로 손이 가나

* 데드플라이: 나미브 사막에 있는 죽음의 물웅덩이라고 불리는 곳.
* 나미브: 나미비아 말로 "아무것도 없는"이라는 뜻.

가을의 기도

묵밭 여가리서
여름 한철 묵어 지내던 쟁기를

쟁기를 감싸 안고
벌개미취꽃이 피었다

얼마나 먼지

당신은 어때
잘 지내고 있던가

꽃 덤불을 지나서도
한참이던가

날마다
돌아오고 있을 당신

다다르고 있던가

얼마나 먼지

국죽

엄마, 왜 그러셨어요
그때, 한 번만 알려주시지 그러셨어요

국죽: 장국죽의 방언(강원)
장국죽: 쇠고기를 잘게 이겨 끓인 장국에 쌀을 안쳐 쑨 죽

"국죽 한 그륵 먹으믄 거뿐홀 거 같구나."
국죽을 끓였다

며칠 새, 마음이 자꾸 서늘해져 국죽이 먹고 싶었다
죽 그릇을 다 비우지도 못하던 엄마도 그때 그랬는지

식구 중 누가 앓다 입맛을 잃으면 국죽이 끓었다

엄마의 국죽에는 쇠고기가 없다
설겅대는 걸 푹 고는, 배추 시래기가 쇠고기 대신이었다

본래 그런 줄 알았다

가을 조상弔喪

봄가을로, 정기 간행물처럼 부고가 돌았다

마을마다
구전으로 내려오는 회다지 소리가 조금씩 달랐다

"놀기 좋다고 마냥 노나"
"에헐더리 에헐 덜공"
"수수밭에 새 들었다"
"훠어이"

가을이었다

이제 집으로 돌아가야 한다
슬픔은, 새나 나무들이 대신 살면 된다

집은, 새나 나무보다 진즉
혼자 견디는 법을 알고 있었을 것이 분명하다

슬픔도 묵으면 가시처럼 집을 지었다

잘 마른 새집처럼 가볍고 아늑해졌다

얼굴 불콰해진 상꾼들이 모두 흩어지고 나서야
무의미한 후렴구처럼, 산속 정적은 아늑해진다

가을날은 생각보다 빠르게
재빠르게 저물었다

천천히 생겨난 산길로만 돌아치다
잎을 떨구는 나뭇가지들마다 가만히 쓰다듬으면
잎 진 자리가 오목 오목 얽어 읽혔다

아주 먼 일가뻘이 될 거라는
얼굴 살짝 얽은 청상 아주머니가 살던 동네였다

바람이 멀리로 지나다
언덕 위에, 개처럼 우뚝 서서 휘파람을 불었다

이제 집으로 돌아가야 할 마지막 시간이 되었다

정각을 잃는 정오

가을은, 빚잔치 같구나

정오쯤에나 안개 속에서 걸어 나오는 저것들
잎을 다 털고 나서는 빈 나뭇가지들

12시
한국예술인복지재단에서 문자 메시지가 들어왔다

하반기 창작준비금 예술활동보고서 제출 기한을 알려
왔다
당일인, 미제출 시 3년 참여 제한이라고 했다

평상에 털썩 주저앉았다
받은 적 없는 밥값의 영수증 제출이라니

13시 14분
다시 문자 메시지가 왔다

"죄송합니다.

12시 경 하반기 미선정자 대상으로
  문자 안내가 잘못 전송되었습니다."
"내용 안내 중
  혼선이 있었던 점 양해 부탁드립니다."

저들의 오류를 찾아냈다
띄어쓰기가 틀렸다

자고 싶었다
패린 햇살이 눈부시게 추웠다

십일월의 귀환歸還

여기서는 새 떼가 보이지 않아

새떼는 십일월의 강물 위를 잘 흐르고 있을까
떠난 새들은 모두 무사히 구름에 닿았을까
떠돌던 날들을 낙엽으로 잘 바꾸어 떠났을까
울지 않는 새들은
참을 수 없는 호기심을 성문으로 남겼을까
들판에, 낙엽 태우는 소문으로 번지고 있을까

여기는, 나무들의 공동묘지야

나는, 새가 집을 지을 수 없는 곳의 묘지기야
열 시 반이면
녹지공원과 공무수행 트럭들이 밀려들어 오지
죽은 나무나, 고환이 잘린 나뭇가지들과
오물로 뒤섞인 낙엽들이 인부들과 함께 오지
새들이 떠난 뒷날들을 일일이 검사하지
나무가 새들의 조상이라는 걸 확인하는 거지
그런 곳

담배 연기 같은 인부들은 온 길로 되돌아가고
버려진 것들은 다시 분리되어 냄새가 되지
인부들이 점심을 먹으러 마을로 돌아간 사이
잠깐 술렁이다 수그러드는 십일월의
그건, 열두 시면 감쪽같이 사라지는 마술이지

그때부터가 까마귀들의 시간이야

사람을 닮은 신성한 것들이 모두, 오물이라니
신기하지
"인간만 오물을 만들지."
이 말은
백 살은 먹었을 플라타너스에 앉아 킬킬대던
늙은 까마귀가 떠나며 중얼거리던 혼잣말이야
플라타너스와는 전부터 잘 아는 사이 같았어
그 자리에서, 사는 일에 서툰 인간은 나뿐이지

오물이라는 말을 오물거리다가
〉

새들은 떼를 지어 겨울보다 먼저 강을 건너고
나는 여기서 맨 나중에 걸어 나가게 되겠지
떠날 생각이 없는 새가 어딘가 숨었을지 몰라
누구에게건 버려진다는 건 안 될 말이지
여기서 첫눈이 내리기 전까지
쉬 떠나지 못하는 새들을 모아 재워야 하거든

안도

잘 지내고 있다는 말은
미확인 지뢰 지대를 한 발짝씩 건너는 중이라는 말

(지뢰는 인간의 보폭에 맞춰 심긴다
움직이는 자가 반드시 지게 되어 있는 치킨 게임)

멈추어도 돌아갈 길은 없다
결국 언젠가 지뢰를 밟게 되리란 걸 알아차리는 일

잠깐 서서 당신에게 웃어 보였다
나란히 서서 당신이 따라 웃었다

좀 서러웠지만, 괜찮았다

확인

마당가에 가만히 서 있던 나무가
갑자기 생각이 난 듯 부산하다 낙엽을 쿨럭 쏟았다

우리는 가끔 서로 찾느라고 집 안을 발칵 뒤집었다
자주 잃었다

부쩍, 해가 뉘엿이 느껴지는 오후 2시

흰 말똥가리를 보았다
삼한골 골 어귀 산기슭에서 꿩 우는 소리가 들렸다

겨울이 왔다
목덜미 서늘한 바람이 불었다

플라타너스 이파리 한 장
바짝 마른 소리가 들들들 마당을 지나갔다

아내를 찾았다
〉

가랑잎 같은

우리에겐 길이 없었으므로, 길을 잃을 도리가 없다

3부

겨울 안개

길거리 거적문이다

눈알이 툭 불거진 새빨간 자동차가 덴겁해 튀어나오거나
험상궂은 민머리 사내의 두상이 데굴데굴 굴러 나오기
도 하고
좀 더 가다 보면 폐업한 정육점이 나오는데
벌써 여러 날
누군가, 고기 진열장의 붉은 형광등 끄는 걸 잊어버리
고 있다

싱싱한 유언
우련히 붉어, 들어가 눕고 싶어지는 아름다운 유리관이다

정육점 흰 도마 위에는 뜨거운 차 한 잔을 올려달라고
해야지
칼이 스치는 순간에는 잘 보이지도 않았을 서늘한 단언
들을
"한 근만 주세요."
갈수록 이마 같이 드러나는, 칼이 지나가던 속도를 베

고 누워
    붉은 등을 달고 싶었던 유리방의 천장을 생각해 보아야지

    적적한 세상의 문들이 저절로 열리고 닫히거나
    모든 걸상들이 살아 움직이는 궁벽한 새벽은 너무 위험해

    아내가 뜨거운 차 한 잔을 마실 시간이다
    차를 마시고, 성경책을 읽고, 묵상 기도를 오래 올릴 것
이다

    흔들리지 않고 서서 겨울을 견디는 나무 사람들을 사랑
해야지

    지금은 아내의 찻물을 끓여야 할 시간
    냉기가 설설 끓는 보름밤
    아내는 붉은 달도 안 뜨는 냉방에 싱싱하게 누워 있을
것이다

    집으로 돌아가야 한다

평행 이론

집 주소로
제주 귤 상자가 택배로 왔다

수취인이 모르는 이름이다

택배 상자에 적힌
수취인 전화번호로 전화를 했다

제주도라고 했다
고맙다고
알아서 처리하겠다고

제주에도 신북로가 있다
같은 주소에 모르는 누가 산다

새파랗게 추운 밤
바지 주머니에 손가락을 먹였다

웅크리고 앉아

달빛이 환한 창밖을 내다본다

눈이 내린다
누가 떠나서, 눈이 내려야 한다

잠깐씩 알던 사람들이 떠나는
눈이 내리는 세상을 생각했다

날마다 아무 때고 눈이 내리는
그래도, 조금도 이상하지 않은

쉬지 않고 누군가 떠나고 있다

'여보세요' 내가 떠나고 있었다

겨울나무

낮으로
어치 떼가 몰려들어 속살거리다 우르르 떠나는, 아까시
나무 단행본

하늘이 드러나도록 발겨, 어치 떼가 먹어 치우고 떠나는
겨울 시집

한파 경보

창문 유리 위로, 눈부신 속도로 몰려드는 얼음 조각들

오오, 다친 짐승처럼 눈부시게 얼어들어오는 상심이여

첫눈 폭설

　세상 밖을 흘러 다니던 손톱만큼 작고 하얀 새들이
　저마다의 추억을 하나씩 물고 돌아와 검은 겨울나무 숲
으로 내립니다

　희끗희끗한 새들이 하염없이 쏟아지는 종일을 지나
　이제 세상은, 세상의 것이 아닌 흰 것들로 붐비는 저녁
입니다

　그것들로 흐려지다 윤곽조차 흐려 보이지 않는 저녁 길
위에서
　길을 지우며 차오르는 저들로 길은 쳐도 쳐내도 자꾸
사라져버립니다
　어디였는지 모르겠는 길의 가늠은 불확실한 전망으로
바뀌어 갑니다
　뒤에서 따라오며 지워지는 믿을 수 없는 기억들을 뒤돌
아보다
　마지막 날에 사라진 나그네비둘기의 멸종 같은 생각에
머물게 됩니다
　〉

마침내 돌아갈 어떤 곳도 마땅히 떠오르지 않을 때쯤
두고 온 곳에서는, 내가 어디를 떠도는지도 모르게 될
것입니다

호롱불 같은 추억들이 잠을 청하는 검은 겨울나무 숲에
눈은 내리고, 돌아갈 곳을 영원히 잃은 날처럼, 어느새
나는 없습니다

눈 아래로 잠긴다는 건, 땅에 엎드려 겨울을 나겠다는
달맞이꽃 선언
너무 멀리까지 나와서 당신을 기다리다 이제는 돌아갈
곳이 없습니다

눈 아래서 어지러이 흩어져 지내던, 잘고 새까만 씨앗
같은 생각들이
어느 희고 둥그런 봄날 달로 떠오르기도 하겠지요

봄이 와 눈이 다 녹을 때까지 여기서 시작입니다

침묵이라는 사과의 種

침묵을 뭉텅 베어 물면 사과즙이 흐른다
화들짝 놀란 이빨은 좀 기다려주어야 한다

아아아
지루하게 기다린다

이 시린 침묵은 공허한 수다의 처방전
이빨 관계의 다공증을 막아주는 비타민D
비정상적 감수성의 증가를 알리는 경고
지각 과민증

침묵의 잘못이 아니다
잘못 든 양치 습관으로 달고 살게 된 푸념

생은 결을 따라 부드럽게 문질러야
뿌리의 잇몸이 상하는 걸 막을 수 있다

습관은 고집이 세다
〉

오래 날지 않은 새는 나는 법을 까먹었다

다시 도리도리

푸른 개의 그림자

해가 비끼는 하늘에 푸른 구름 몇 점이 멈춘 듯 낮게 떠 있었다
전에도 어디선가 만났던, 낯익은 덩어리 슬픔 같았다

갑자기 사라진, 집에서 몰래 기르던 푸른 개의 그림자를 떠올렸다
네가 한 번도 본 적이 없다던
그 여름 느지막이 강둑길에서 우연히 마주친
등이 푸른 광택으로 빛나는 물총새의 환시幻視였을지도 모른다
붉은 강이 오래 쓸고 간 여름을 지나 쭉정이만 남은 가을도 지나
늦가을의 접경인 겨울은
때로, 그다지 흔들리지 않으면서 조금씩 허물듯 천천히 기울었다

쉽게 흔들리지 않는, 타고난 것들의 몸에 밴 슬픔
그건 겨울 벌판에서 지는 해를 혼자 바라보고 섰는, 키가 큰 나무
땅 위를 느린 배밀이로 기어가는 플라타너스 그림자

그 너
　지난 늦가을 혼자서 저녁 벌판으로 떠난 완고한 마지막
민달팽이
　나무꽃들의 이해를 무채색 단어로만 열거하던 무열정
의 자웅 동주

　그때 난, 너를 붙들 수 있는 어떤 맞춤한 말도 찾아내지
못했었다

　전에도 모든, 그것으로 마지막이 되었던, 끝내 입 밖에
내지 못한
　'사랑한다'는 짧은 문장은 늘 푸른 개가 먼저 물고 서
둘러 떠났다

　제 안의 어둠을 물으러 길을 나선 그림자들은 그길로
밤이 되었다

　겨울인 지금, 나는 저녁 6시 반 약속에 늦으러 간다
　아무 약속도 아닌, 그러나 약속인 어쩌면 그 약속으로
가는 것이다

겨울 거미

올겨울도, 여러 해 전 보내주신 목도리로 잘 싸매고 지냅니다

하초가 시린 건
어느 왕족에 하는 인사법과 배밀이를 익힌 뒤로 견딜 만합니다

캐럴도 없는 겨울
스피커 통을 밀고 가는 깔판 사내에서 피어나
흔들리며 기어가는 찬송가 한 다발

정성스럽습니다

사람들은 모두, 헛딴데를 바라보며 그 곁을 지나쳐 멀어집니다

"거미는 겨울에 무얼 먹고 살지?"
바람 같은 아낙 하나가, 갸웃이 걸음을 멈추었다 가는 사이
〉

부쩍 바빠진 업무로 격무에 시달리던 하느님이 일갈하
시는데

"그래믄 안 되는 거라구 말해줬는데, 자덜은 왜 저따구
루 사냐?"

하느님의 눈물이 사내 머리 위에 은전銀錢으로 쏟아집
니다

짤랑짤랑

은隱 나비 같은 음성이 나붓나붓 바구니 그득 쏟아져
내립니다

사내의 낮은 어깨 위로, 위로의 말씀이 소복이 쌓여갑
니다

세상의 바닥에서 사내의 등이 둥글게 솟아오르고 있습
니다

벌써 여러 날

화장실 바닥서 바닥의 0도를 견디는 검은 거미가 하나
있습니다

〉

함박눈이 하염없이 내리는, 문이 없는 꿈을 오래 꾸고
있었습니다

쥐눈이콩을 고르다

문득

'포근한 겨울'이라는 말이
불안한 쥐새끼 눈알처럼 반들거리는 밤

창밖을 자꾸 내다보다

뻔해

내일은 늦도록
길 위에서 안개가 걷히지 않을 것 같아

어휴
길이 죄다 벌레 먹었네

딴죽을 거는데

어라
콩알 속에도 맨 길이었네

환해

마트료시카

크고 둥근 눈
눈사람 속 눈(:)사람

눈 속에 눈
눈(:) 속에 눈(:)

눈(:)사람 속 눈사람

여자女子 속 여자女子
여자麗姿 속 여자麗姿

눈사람 속 눈사람

양파 속 양파
눈물 속 사람

녹아 눈(:)물이 되는
눈(:)사람 속 눈사람
〉

사랑이던 마트료시카

볕 흐린 겨울 벌판서
눈(:)사람이 마르듯

엄마

도둑이 도둑에게

보이지 않아도 다 들리는 싸락눈으로 다녀가는 도둑아
새벽어둠 속에 잠깐 서 있는 사이 눈소리가 도둑 걸음
으로 왔다

뻔히 잠자고 있을 너를 눈으로 찾던 잠깐
싸르락싸르락, 너는 네가 다녀간 것도 모르겠구나

지난 며칠을 강둑길에서 나던 눈사람이 사라졌다고 말
했을 때도
나는 시 도둑에 실패하고 있었고 너는 웃기만 했다

함께 오래 늙고 싶은 잘 웃는 도둑아
나는 도둑질에 서툴러 잘 들켜 나고 너는 방글거리고
그런
갈수록 도벽이 흐려져 가는 엊저녁들에다 하루를 더 보
태고

그래, 우리는 무얼 기다릴 것도 없이 늙기만 기다리고
있었구나
    〉

내가
　네게 남은 날 중 가장 젊은 얼굴로 오는 너를 기다리는
동안
　나는 내가 늙기를 기다리고 너도 내가 늙어가는 것을
기다려주는

　우리는 언제 다 늙을까

눈 내리는 밤

밤새
얕은 잠 속으로 어른어른 옛날 같은 마른눈이 내렸다

퍼부었다

창문 유리 위 눈 그림자로 사람들이 다녀가고 난 뒤
잠이 달아나다 멀리서 눈 터는 소리가 이따금 들렸다

검은 소나무들이 바람에 잉잉거리는 산으로 돌아간
할아버지 할머니 아버지 어머니 그리고 형들
강 모래밭이 뜨겁게 달궈지면
강가에 몰려 뛰놀던 청동 고기떼 같은 벌거숭이들
잠깐씩 알고 지내던 이제는 기억에서 아슴한 사람들
간 저녁에 어물어물 대꾸한 아들 내외의 안부 전화
무엇보다
언제 한번 보자며 미루어두기만 한 트릿한 약속 몇
그리고 잠자는 아내의 평온하고 고른 숨소리
웅녀
〉

뻔히 그리울 것들에도 두고두고 투미한 나

눈발이 가늘어지다 굵어지기를 밤새도록 거듭했다

밖을 다녀온 누구랄 것도 없이
어깨 위 눈을 터느라 모두 부스럭거리는 밤
가르랑대는 냉장고 속에도 지금쯤 눈이 내리는 걸까

돌아오지 않는 사람들이 눈으로 내리는 밤
아침 밥상머리에는 눈 얘기가 먼저 오르겠구나, 했다

한파

대기를 포기하고 집을 나온 북극 대기가 갈 길을 잃었다

도통 돌아갈 생각이 없는 건지 우리집 지붕 위에 눌어붙었다

개가 심술궂은 콧김을 한 번씩 허옇게 내뿜을 때마다

비냥이가, 강종거리는 놀란 뒷걸음질로 꽁무니를 빼더니만

아주 달아나 며칠째 코빼기도 안 보이게 숨어 숨죽이고 있다

비냥이는 우리집 마당을 길로 사용하는 어린 길고양이다

비쩍 패렸다고 아내가 붙여준 이름이 비냥이다

아내가 가끔 생선 대가리 따위를 모았다 보이면 주곤하는데

먹이 요구에서는, 애도 보통내기는 넘어 숫제 깡패에 가깝다

'아, 내놔!' 다짜고짜 덤비는 품이 역력히 그러하다

깨달은 척해 봐야 별거 없다

〉

먼저 보일러가 얼었다, 그러곤

실내 화장실 변기 속이 물을 대신해 얼음으로 가득 채워졌다

물이 굳은 경도의 탄소 보석처럼 삐뚤어진 것이다

다이아몬드는 길들일 수 없다는 뜻에서 유래한 거라던데

그러나 아직은

눈에 보이는 얼음을 달래 물로 바꾸는 것쯤은 문제가 없다

문제는 벽 속으로 파고들어 흐르길 거부하고 농성 중인 것들

이것들은 동면에 든 짐승들보다 더 느긋하다

막무가내로 몽니를 부리는데 좀처럼 바뀔 기색이 없다

무시로 드나들던 냉기를 막고 열기들의 총동원령이 떨어졌다

기다리는 일은 면벽 수도다

기다리는 일만 남았다

제가 제 농성을 풀고 흐를 때까지 어르며 기다려 주어
야 한다

봄까지 기다리면 된다

이틀이 지났다

사흘째, 다저녁에 지치고 배고픈 모습으로 비냥이가 돌
아왔다

관 속에 가두려고만 했던 물도 자유롭게 흐르고 싶었을
것이다

물과 나, 우리 둘의 한파 경보는 아직 해제되지 않았다

벽 속에다 제 길을 가둔 물이 농성 중이다

이 겨울엔 흐르길 거부하는 것들과의 소통을 다시 배우
고 있다

얼음침

떠도는 생이란, 참.
어이없이 저렇게 반짝이기도 해라

어디 닿을 사이도 없어 공중에서 얼어버렸다
허공을 떠도는 저 작고 빛나는 얼음 조각들

함께 흘러가지 못해
돌아가고 있다

공원에서 공원 사이를
해를 따라 맴돌던 해시계 사내

얇고 가벼운 바늘 그림자가
큰 가방을 들고 춤을 추며 걸어가는지

그 날카로운 빛으로 잠깐
빤짝, 감췄던 눈물이 얼어 이제 보이는 건지

* 얼음침: 수증기가 뾰족한 침 모양으로 얼어붙어 떠다니는 결정체.

다시 제제에게

바람은, 사람들이 없는 벌판을 산 쪽으로 끌고 가다
언덕배기 같은 산등성이에다 저녁노을을 풀었다

노을을 따라 긴 능선에 올라서면
벽에 붙은 소금 알갱이를 뜯으며 겨울을 나는
소금 화석, 염전 창고의 나무 벽이 보일 것 같았다

소금기 버석거리는 창고 안 판자 바람벽에 기대앉아
눈물 간을 맞추고 있는 너를 만날 것 같은

너의 바다가 말라 소금 알갱이로 바뀌기 전에
소금 창고에 귀를 대고 있던 나무 그림자가 서둘러
함수 창고의 눈물을 끌어다 대줄 것 같은

네게서 풀려나가 철썩이다 다시 네게로 돌아가는
너의 소금꽃이 피는 울음바다에 가 보고 싶었다

바다라는 말이 아직 돌이킬 수 있는 그리움일 때
사람들이 왜, 눈물바다란 말을 쓰는지 알 것 같았다
〉

천천히 밀려들어 오는 저녁 바다를 바라보며 나도
가만가만 네 등을 쓸어주는 소금 화석
겨울 염전, 목조 소금 창고처럼 천천히 늙고 싶었다

겨울비 내리는 날의 일기

추적이던 겨울비가 바닥에서 얼어붙었다
밖을 한 번 다녀온 아내가 바깥출입을 금지했다

짐치 부치기 한 쇠당을 요구하다 거절당했다

너무 뻔했다

냉장고를 괜히 여닫다 전기요금 타박을 받았다

아무 때고 쉽게 드러나는 속내가 좀 억울했다
그러고부터 창가에 붙어 있는 시간이 길어졌다

강 언저리를 벗어나지 못하는 안개만 바라보다
삐딱하게 서 있는 쇼윈도 마네킹 맨을 생각했다

강 쪽으로 삐딱해 서 있거나 괜히 부스럭거렸다
아내에게선 성경책 읽는 소리가 웅얼웅얼 났다

전화벨이 한 번 오래 울리다 맥없이 툭 끊겼다

태도를 갑자기 바꾸는 것은 옳지 않은 일 같았다

젖은 나뭇가지들 사이에서 검은 새가 날아올라
가볍게 사라지는 것을 끝까지 지켜보았다

하나같이 검은 교복을 입던 옛날이 스쳤다
빗물받이 홈통을 타고 흘러나가는 소리가 났다

어느 날, 가볍게 사라져버린 홍성덕을 생각했다
웃으면 눈이 사라져 보이지 않던

농담일 것 같은 농담이어야 했을 것 같은 겨울이
마당 구석에 쌓았던 눈이 감쪽같이 사라졌다

아내가 좋아하는 장떡을 부치기로 마음을 바꿨다
사라지지 마라

* 홍성덕: 스무 살 되던 해 봄에 자살한 친구.

집게

낡은 집게를 부부가 손보고 있다

헐거워진 맞물림을 풀었다
이 맞지 않는 집게를 벌여 놓고

"너무 닳았어."

"지내보려고 그랬을 테지."

"이제 와 바꿀 수도 없고 어쩌지?"

"어쩌긴 뭘 어째."

"아무리, 혼자 애끓었을까."

무른 홍시 같은 웃음 둘
내와 그녀의 외

헐렁거리는 데를, 바듯이 조였다
〉

도란대던 집이, 일찍 아늑해졌다

겨울 후투티

갑자기 몰아닥친 바람이 검은 느티나무 가지들을 뎅뎅
뎅 울리고 지나갔다
가지에 쌓였던 눈이 가루눈으로 쏟아지며 하늘 공중으
로 자욱하게 풍겼다

나무들이 먼지 같은 새 떼를 풍겼다
소란한 바깥을 물끄러미 바라보고 있었다

겨울로는 좀 이해하기 어려운 후투티 하나가 마당으로
날아들었다

하루아침에, 유리창떠들썩팔랑나비처럼 떠들썩해지고
싶었다던
k의 자전적 고백이 떠올랐다

여름 철새인 후투티의 출현이 k의 겨울 환생일지도 모
르겠단 생각을 했다

조류 백과사전에서 후투티의 생태 습성에 관련해 다시

찾아보았다
"여름철 한반도를 다녀가는 여름 철새나 월동을 하는
특이한 개체도 있음"

월동
특이한 개체
울음소리

맞다

훗훗훗, 이게 그의 울음소리였다니
우리가 막연하게 두려워하던 이 경계의 바깥을 환히 아
는 자가 분명했다

여러 번, 전화벨이 길게 울리다 끊겼다

대답하지 않은 것들로
바지 주머니가 주머니 속 전화기서 쏟아진 물음표들로
소화불량에 걸렸다
〉

주민증을 챙겨 겨울 여행을 떠났다는 k를 생각했다

그의 바지 주머니도 지금쯤 더부룩해 있을 거란 결론이
좀 더 확실해졌다

대답해야 해

4부

立春 雪 혹은 說

눈이 왔다
그쳤다
실하게 쏟았다
달이 떴다
눈바람이 차다

설이 가까웠다

소문이 먼저 늙었다

봄이 올 때까지 몸져누워야겠다

소리의 원점

와르륵, 물방울 쏟아지는 소리가 났다
화장실 천장 위에서다

와르륵
똑똑똑똑

똑

멎었다

누군가, 얼뜨려 묶었던 물을 깨웠다

소리보다 먼저 풀어지고 있었던 것
아내의 천둥소리도 분명 그랬을 거다

결빙의 연대를 풀고 흐르기 시작한
우리는 모두, 물방울 같은 익명이었다

백수 놀이

텔레비전
3분 영화를 본다

종일 본다

미리 보기
3분 영화만 본다

3분이면 족하다

종일 본 영화를
한 올로 엮는다

배갈 향처럼 화한
저녁이 왔다

내일 또 봐야지

매일 다시 새롭다

맹물 깨우기

사는 일은 누군가의 삶을 응원하는 일입니다
저도 모르게 그렇습니다
모르는 새 누군가 당신을 응원하고 갔습니다
당신도 그랬습니다
사람을 사는 일이 얼렁뚱땅 죄다 그렇습니다
복 짓는 줄 모르고 복을 짓습니다

큰일입니다

맹물을 자주 흔들어 깨우면 얼지 않습니다

우리가 사는 일도 싱거워, 잘 어는 물이라면
한 번씩
이렇게 마음 흔들어놓으면 얼지 않겠습니다

그래 볼 일입니다

낙서

춘천을 기다리는 동안 입춘과 설을 지났다
안내 방송 따위는 없었다
투덜거렸다
춘천은 마시멜로나 마키아토가 아니다
끝까지 잠잠한 방향 지시등의 침묵과 같다
가난이 모든 결정을 쉽게 했다
줄곧 수탉 풍향계가 가리키는 쪽과 같았다
변절자 역의 대본을 받아든 긴 저녁이었다
고분고분하지 않았다
고장이 났다
알아볼 수 없게 휘갈겨 쓴 저녁을 만났다
결석이 없는, 만년 지각생의 반성문이었다
침을 튀겼다

파리한
공중 유리창에 어지럽게 찍힌 새 발자국들이 분명했다
추웠다

남근 같다고 했다

눈물 많은 것들의 항변이, 길게 이어졌다
끝내
이게 왜 욕이 되는지는 이해되지 않았다

자고 나면, 모두 다 괜찮아지고 있을 거야

속아도 봄날

폴더형 접이식 의자의 견해와 같다
펼쳐 보여야 안다

절반에 대한 절반의 순절
소피아 고무나무 잎 절반이 얼었다

죽었니 살았니
영문도 모르고 슬프게 노는 아이들

죽은 아이들

어떻게 알았을까 조용해야 하는 걸
담장 아래 숨은 걸 술래가 못 찾는

꽃샘추위가 햇살을 파먹는 담 그늘

그림자 가시면 어디에 숨지
뜬 돌 아래 숨지
〉

돌아가는 아이들

담장 밑 그림자가 쪼그라들고 있다
길어지던 낮이 퍼렇게 얼어들었다

못 찾겠다, 꾀꼬리
나새이 달롱 문둘레 못 찾겠더라고

땅 아래로 숨어 도는 소문만 봄날

감실거리는, 어느 하루 봄날의 무덤

하루

길을 힘껏 잡아당기면
맨 끝서 무엇이 딸려 오고 있다

우리집

누가 울고 있을지 몰라

괜찮을 거라, 말해주고 싶지

알면 좋겠어
웃으며, 등 도닥여주고 싶은 걸

손을 닿을 수 없어
눈칫말이 서둘러 펄펄 끓는 날

나는 죽었고

금세 돌아올 것처럼
문간에서 잠깐 흘러가고 있겠지
〉

알면 좋겠어
참, 미안할 하루

야간 비행

정월 대보름이 사흘 남은
열이틀 새벽달이 막 지고 나서였을 거야

네가 처음 오던 날처럼
달 지던 쪽에서 별 하나가 오고 있었어

이 별의 자전 방향을 따라 움직이는 별
규칙적인 별빛 신호를 보내며 오고 있었지

이 별의 어느 지점을 놓치지 않으려는 듯
또박또박 보내는 단순한 모스 부호 같았어

.(e) . . . .

부호를 헤아리는 동안
머리 위를 지나 동쪽으로 멀어지더군

밤길을 도와 길을 찾는 이가
나를 보지 못하고 지나쳤을지도 모르지
〉

모르지
월정사 탑돌이에서 손 놓친 그때였을지도

기억나, 그 절 아랫마을
우리가 나란히 앉았던 숙소 앞 계단참

자꾸만 허방을 짚던 손가락 이야기들

'이 이 이, 나쁜 놈아!'였을까
알면서도 모른 체하던 그 신호들 말이야

오는 대보름엔 탑돌이를 가야 할까

눈바람처럼 스쳐 지나가는 별들이 있지

숲을 지나며 눈은 다 걸러지고 바람만 남았어
바람만 불었지

배갈을 마시는 같잖은 이유

A를 문상하고
B와 C가 빈 자루처럼 마주 앉았다

"있잖아, 그거 알아?"

"뭘?"

"남자하고 여자가 언제 가장 많이 벗는지 알아?"

"……"

"혼자 있을 때래."

"그게, 뭐?"

"웃기잖아."

"왜, 웃기지?"
〉

"그러게."

"들어."

외출에서 돌아와 쓸쓸한 바깥을 벗을 때처럼
A도 이제 혼자다

우리가 시시때때로 시시해서, 한참씩 적적했다

농담이쥐이, 짜샤

난 먹은 게 없다

여럿이 있었다
어수선한 분위기 속

누가
"들뢰즈?" 그러길래

"네!"
그랬다

"질 들뢰즈?" 그래서

다시

"네."
"아주, 잘 들려요!"

명랑하게

또박또박 대답했다

괜찮나

뭐가 잘못된 걸까

* 질 들뢰즈: 프랑스의 철학자, 사회학자, 작가.

정월, 봄비 내리는

비가 내려서

봄비가 내려서

자꾸 내려서

어떡하지 어떡하지
직박구리 얼른 낳아 삼줄을 거는 삼월

꽃 얼구겠네
언나 얼겠네

전깃줄에 울음 하나 널어 적시고 있다

비가 내려서

어쩌자고 저

정얼 칠 수캐처럼
봄비는 보채서

춘설春雪

낮 동안
차분하게 비가 내렸다
저녁으로 가며 눈 폭풍으로 바뀌었다

사내가 부러지고
여자가 떠났다

딱, 하루
울고
불고

그러고 겨울이 끝났다

3월이라구, 설마

3월 첫날 떡눈이 몰아치던 밤
벼랑에 겨우 발붙이고 지내던 굽은 소나무가 뿌리째 뽑
혔다

기우뚱 넘어가던 공중제비가 얼마나 아뜩했을까
기막혔을까
허우적거리며, 손에 잡히지 않는 허공을 후려치고 싶었
을까

남녘서 올라오던 꽃소식이 뚝 끊긴 저녁을 지나서였다
걸음 비틀한 저녁이 절름거리며 온 동네를 돌아다녔다

강둑을 혼자 걸으며 위태해 보이는 걸음을 옮길 때마다
힘없는 왼팔로 작은 원을 그리다 팔을 툭 떨어뜨리곤
하던
아기 같은 사내를 생각했다

마주칠 때마다
나는 그가 그의 멀어진 말동무들을 사열하거나

강 숲에 사는 새 울음들을 지휘하고 있는 거란 생각을
했다

  새들의 울음을 귀 기울여 듣고 있으면
  작은 소리들이 기묘하게 어울리다 큰 울림으로 바뀌는
  시내 제일 큰 성당에서 들은 대축일 미사 합창 같다

  넘어진 소나무에서 새 나온 새 울음소리를 들었다
  새들 중 몇은 울음소리로 제 이름을 대신한다던
  그건 완전한 이해가 불가능한 경전 독본의 독송과 같았다
  매일, 제 속의 불온한 꿈들을 몰아내 주던 위로의 손

  가지의 눈을 터는 흐리고 여린 새 울음소리를 들었다

  뒤집힌 황소 같은 소나무의 거친 숨소리를 들었다
  자며 꾼 나쁜 꿈을 몰아내려고 그러는지, 모로 누워 있
었다

  '그만, 일어나라구!'

의혹

가짜였거나 가짜이거나 가짜가 될 거라는 심문을 받았다
지켜보고 있다는 말로 들렸다
나는 나직한 목소리로 그럴지도 모르겠다고 대답을 했다
나는 진짜 가짜일지도 모른다
나는 심문관이 알아채지 못하게 손가락을 까딱여 보였다
다른 믿음을 보여주고 싶었다
그래서 하품하는 모습을 보이다가 조금 웃어 보여주었다
조금 안도하는 눈치를 보였다
나는 그가 제법 높은 신분의 심문관이길 바랐던 것 같다
그래야, 신뢰가 살 것 같았다

어둑해서 차라리 차분한 느낌을 주는 회색빛 방 안에는
제목을 알 수 없는 피아노 연주곡이 낮게 켜져 있었는데
배경음으로 실개울 흐르는 소리가 희미하게 깔려 있었다

해머들이 번갈아 제 몫의 현을 두드릴 때마다
속이 빈 것 같은 동그란 소리들이 굴러 나오는 게 보였다
동전 뽑기 같았다
끝을 모르게 이어지며 물소리 위를 떠내려가던

현에서 떨어져 나와 동동동 흘러가는 음을 새기고 있었
다

그때 우리는 사실 서로에 대해 좀 무료해하던 중이었다

느닷없는 쇠오줌처럼 쏟아져 우리를 덮어씌운 망신 주기
A 1번 현을 두드린, 1번 해머의 타음 실패가 없었더라면

"주소."

"네?"

"주소 말이야."
"주소 몰라?"

"아, 네 그거……."
어떤 예의 바른 대답을 해야 할지 얼른 떠오르지 않았다

실제로, 나는 오늘 주소가 없다
〉

작은 목소리로, 지금 생각 중이니 곧 대답하겠다고 했다
정말 몰라서 묻는 건 아닐 거란 생각에 확신이 있었지만
지금서 말하자면 솔직히 그런 그가 약간 실망스러웠다
다만, 불같이 화를 내는 심문관을 좀 이해해주고 싶었다
서둘러 그가 원하는 대답을 속시원하게 넘겨주고 싶었다

"네, 저는 진짜 가짭니다."

'가짜였을 겁니다.'

나는
우리 사이의 배려와 존중으로 이어지던 침묵을 존경했다

봄 햇살

빈집을 활짝 열어젖히면
"와"하고 몰려드는 함성

봄

나를 떠메고
나는 봄내로 둥둥 떠가고

집에는 아무도 없네

없겠네, 봄만 가득하겠네

해피 엔딩

노란 털실로 공들여 짠, 병아리 인형이 하나 있었어
누구라도 말릴 수 없는, 고집불통에다 개구쟁이였어

잠깐 안 보인다 싶으면
선반이나 책상 위에서 뛰어내릴 틈만 엿보고 있거나
우당탕 소란에 놀라서 돌아보면
온갖 물건을 잡아닥치고 있거나
뒤집어엎은 걸 흩어버리고 있거나
방안 어느 구석지서 먼지 뭉테기로 발견되는 식이지

결국, 꽁무니 한 올에다 끈을 달아 묶어두기로 했지

며칠 슬픈 표정이더니 곧 잠잠해지고 그러곤 잊었지
너무나 조용해져서 쉽게 잊혔지

병아리 인형이 마당으로 탈출한 걸 안 건
털실 한 올이 문틈으로 빠져나간 한참을 지나서였지

여전히 털실 한끝에 매달린 채

마당을 휘젓고 다니고 있었으니 모른 척하기로 했지

돌아올 생각 따위는 조금도 없어 보였고
그러고도 여러 계절이 바뀌는 걸 보았지

여름밤이면
꽃이나 별을 노래하는 테너 톤의 노랫소리도 들리고
쉬어가는 우레와 잠깐씩 함께 지내는 것도 보았지
지나는 철마다 다른 얼굴들을 만나는 마당에서
솔개가 높이 뜬 새파란 하늘을 멀뚱히 보고 섰거나
마구 자란 풀꽃이나, 바람이나 낙엽들과도 어울리며
함께 고래고래 부르는 노래도 들었지
춥고 고요한 한 겨울밤, 부엉이 후리는 소리였는지
허공을 할퀴듯 낮게 스치며 지나가는 소리가 들렸지

그런 며칠을 지나
어디서도 더는 노랑이라 할 수 없는
흙투배기 털실 뭉치가 문간에 웅크려 있는 걸 보았지
알아보는 데 한참 걸렸지
〉

곧 돌아오고 싶었지만 놀이가 끝나길 기다렸다고 했지

잘한 일이라 말해주고 다독여주고 싶었는데
거기서 털실 병아리 인형의 마지막 코가 풀려버렸어

다 풀렸지

거기, 구불구불 색이 바랜 아주 긴 털실 한 올이 있었어

봄날, 나무가 물그림자를 앞세워 강을 건너는 법

애쓴다

오늘 바람이 불면 바람꽃 피어

지금 창밖에는 봄비 듣고
오늘 꽃이 불면 어떡하지
벼락같이, 나는 그런 생각이 드는 것이다

어제로
나를 만날 수 있는 날들서 하루가 줄었다
오늘이 그 마지막 날이면
미처 다 저물지 못하는 오늘로 그만이다

이 별에서의 작별은 늘, 오늘에 멈춰 있다
어제는 없고 내일은 언제나 너무 멀다

그래서, 바람이 불면 부는 대로 꽃이 된다
지금은 손톱물 지두화 같은 바람꽃의 시절
수만 번의 손톱자국을 꽃잎으로 새기면서
오늘은 창백한 꽃물이 듣는 바람꽃이 핀다

나도바람꽃을 마지막 세우고
손톱 갈퀴 같은 바람 속에서도 꽃은 벌고

아무 일도 일어나지 않는 매일
나는 오늘 또다시 어디서든 하염없이 멀다

지금도 밖에는 바람꽃이 불고
우리에게서는 아무 일도 일어나지 않고
줄곧 밖으로만 열리게 만든 목수의 문마다
문고리 같은 오늘이 매달려 낡아갈 것이다

저무는 말문들을 바람꽃이 이운다고 쓴다

오늘은 바람이 불고 꽃이 피고 비가 내린다
문고리들이 말없이 피었다가 시들고 있다

봄밤

강 마을 쪽 어디서 개가 어둠을 물어뜯고 있나 보다
퉁퉁히 부은 달빛을 찢으며 피는 매화를 보았나 보다

울화를 물어 흔들고 있다

잠들지 못하는 것들이 수런거리는 봄밤
너도 꽃 해라

그러고 하루가 지났다

강 마을 쪽 새벽이 조용하다

가려움에 몸서리치던 어둠을 찢고 꽃이 되나 보다
버석대던 조바심을 물어 흔들어 붉어지고 있나 보다

더디 오는 봄이 있다
물어뜯어 핏빛 아른거리며 오는 봄이 있다

그런 나는 어쩌자고 이러고 있나 싶다가도

꽃이 아니면 어떤가

벌써 여러 해 꽃을 거르는 대추나무를 생각했다

봄 아닌 봄이 어디 있다고

어두워가는 들길을 눈에 들이고 적막강산이던
오도카니 앉아 먼산바라기 하던 등을 쓸어주고 싶었다

선禪

십 리 밖에 매화가 피었더라

다시 십 리를 걸어 돌아왔다

문을 닫고 봄이 갔다고 썼다

사계(四季)를 건너는 물의 언어

오민석(문학평론가·단국대 교수)

1

유기택의 시적 리비도는 물이다. 물의 도시(춘천)에 사는 시인답게 그의 언어는 물과 물의 변용물들에 푹 젖어 있다. 그는 자신을 물에 적시며, 물이 안개로, 비로, 눈으로, 얼음으로 몸을 바꾸는 풍경을 응시한다. 그의 상상력은 물처럼 분방하고 유동적이며 늘 낮은 곳을 향해 있다. 총 4부로 이루어진 이 시집은 (대체로!) 물의 시간을 따라 펼쳐진다. 크게 보면 1부는 여름, 2부는 가을, 3부는 겨울, 4부는 봄의 '물나라'를 다룬다. 각각의 시간이 항상 선명하게 구분되는 것은 아니고 어떤 부(部)는 한 계절에서 다른 계절로 넘어가는 '즈음의 시간(중첩의 시간)'을 보여주기도 하지만, 이 시집은 대체로 여름→가을→겨울→봄의 순환 구조를 가지고 있다. 그러므로 이 시집은 사계(四季)를 건너는 물의 언어이다. 시집 전체에 걸쳐서 물과 물의 변용물들이 넘쳐흐른다. 그러나 그의 물은 한시도 같은 모습을 하고 있지 않다. 우기(雨期)의 넘치는 물은 생명성으로 생명성을 압도하고, 가을의 건기(乾期)는 잃은 것(혹은 잃고 있는 것)들을 복기(復棋)하고, 겨울의 물은 흐르기를 거부하며 "상심"마저 "눈부시게" 얼리면서도(「한파경보」) 그 안에 이미 생명을 잉태한다. 봄의 물은 한정된 시간의 해피 엔딩과 새로운 탄생을 예고한다. 그에게 있어서 물은 이렇게 형태 변용(metamorphosis)의 원시적 힘이며, 생명의 마그마이고, 순환의 신화이다.

전운이 떠돌던 저녁, 개망초들의 함성을 이끌고
마침내 춘천대교 위로 보름달이 떠올랐다

모래톱 아래 숨어 지내던 마을 하나가 솟아오르고
만 년 전 마을 곳곳에 화톳불이 피어오르고
둥그렇게 둘러앉은, 메꽃 같은 화광 속 사람들이

푸른 안개를 만들어 강물 위로 흘려보내기 시작했다

(중략)

돌도끼를 어깨에 멘 허깨비 같은 사람들 틈으로
개전을 알리는 이 신호가 밤새 허공을 떠돌아다녔다

(중략)

실패하는 혁명은 없다
성공한 혁명의 완성을 위해 만 년을 더 기다려야 한다
　　　　　　　　　　　　　　　　　　　　　　　—「중도中島」 부분

　(이 시집의) 첫 번째 작품인 이 시는 원시적 생명력의 폭발하는 힘을 잘 보여준다. "만 년 전 마을", "돌도끼", 혁명처럼 타오르는 "화톳불"은 "만 년을 더 기다려"서라도 반드시 보존해야 할 (유구한) 집단적 가치 혹은 무의식을 상징한다. 강물 위에 "푸른 안개"를 만들며 진군하는 "개망초들의 함성" 위로 "보름달"이 환히 떠오르는 모습은 원시적 생명성으로 충만하다. 겉으로 전혀 내색하지 않지만, 이 시의 제목 "중도中島"를 통해, 독자들은 만 년 전의 돌도끼들이 무엇을 상징하는지 쉽게 감 잡을 수 있을 것

이다.

　선사시대 역대급 유적들의 보고인 춘천 중도에 플라스틱 장난감 놀이공원(레고랜드)이 들어서고, 수십 층의 호텔(컨벤션 센터)이 건립될 예정이다. 한마디로 말해 자본의 무자비한 폭력 앞에서 최소 5,000년 이상 이어져 내려온 인류의 유구한 유산은 설 자리를 깡그리 잃었다. 실제로 중도에 있던 160여 개의 고인돌은 해체되어 검은 천막에 덮인 채 '잡석(雜石)'으로 분류 처리되었다.

　이런 점에서 위 시는 생명을 죽이는 자본에 대한 "개전"(開戰)의 봉화이며, 신화적 전복이고, 상상적 저항이다. 유기택 시인은 실제의 사건에 대한 한마디 언급도 없이 "함성"과 "화톳불"과 "푸른 안개"의 대군(大軍)을 만들어낸다. 그가 그려낸 원시적 생명성은 비단 중도 사태만이 아니라, 모든 반(反)생명 문화를 까발리고 조롱하며 뛰어넘는 지속적인 힘이다. 이 힘을 그는 "강물"과 "안개"의 언어(물의 언어)로 그려낸다.

　이소

　그 잠깐

　골똘한 무슨 생각에 잠긴 듯

바람을 품에 맞아들이는 동안

새끼 매가
둥지 10cm 위에 가만히 떠 있다

허공을 비껴 쏘아보는 운명의 빛

그건 그저
한없이 가벼워지는 일이었다
—「눈부신 말」 전문

"이소"란 '새의 새끼가 자라 둥지에서 떠나는 일(離
巢)'을 말한다. "새끼 매"가 "둥지 10cm 위에 가만히 떠
있는" 모습은 얼마나 아름답고 숭고한 영혼의 공중부양
인가. 이 시는 주로 여름을 다룬 1부에 실려 있다. '원형
비평(archetypal criticism)'으로 유명한 노스럽 프라이
(Northrop Frye)에 의하면 '여름'은 로맨스의 시간이고,
'영웅의 승리'라는 원형성을 가지고 있다. 수많은 신화,
전설, 문학 작품에서 여름과 관련된 이미지들이 이런 원
형성을 반복한다.

유기택 시인은 매의 이 짧은 상승의 순간을 "눈부신
말"이라고 은유한다. 말(言)들의 유년기에서 어느 순간

치고 올라와 언어가 "한없이 가벼워"져서 섬광처럼 빛나는 순간, "눈부신 말"이 탄생한다. 여기에서 '눈부신 말'은 현세의 중력을 이겨낸 시적 언어라고 읽어도 무방하다. 앞에서 인용한 시 「중도中島」와 이 시가 갖는 공통점은 이것들이 (여름이라는 원형이 상징하는) '승리의 담론'이라는 것이다.

사실 좌절과 절망보다 희망과 승리를 이야기하는 것이 훨씬 더 힘들다. 자고로 시인의 임무는 가짜 희망을 까발리며 세상의 결핍, 빈틈, 구멍을 노래하는 것이기 때문이다. 그러나 유기택 시인이 1부에 여름의 원형을 전경화(全景化)하면서 담담하게 '승리'의 풍경을 보여주는 것은, 그 모든 절망에도 불구하고 원시적 생명성의 궁극적 우위에 대한 그의 강력한 믿음 때문이다. 마찬가지로 1부에 실린 다음의 시를 보라.

막았던 강을 열면
참았던 불안이 다투어 빠져나갔다
—「소양강댐」 전문

거대한 댐에서 시원하게 방류되는 물은 무의식과 이드(id)와 리비도의 완전한 해방을 상징한다. "불안"은 원시적 에너지를 억압하는 검열과 금기에서 생긴다. 이 작품은 금기와 규제를 넘어 울려 퍼지는 자유의 팡파르 같다. 1부의 모든 시들이 이런 '승리의 메타포'를 보여주지는 않는다. 그러나 시인이 1부에 이런 승리의 시편들을 앞세워놓은 것은 그가 절망 속에서도 끝내 놓을 수 없는 어떤 힘에 대한 기대와 신뢰를 전제하고 있기 때문이다.

2

유기택 시인은 시간의 별자리를 따라 달라지는 삶의 풍경을 조망한다. 2부의 앞부분에 실린 시들은 쇠락, 상실, 결핍 혹은 죽음의 시간(가을)을 예고한다.

뒤숭숭한 꿈이었습니다
며칠이고 붉은 강이 흘렀습니다

이제는, 흙탕물을 뒤집어쓴 갈대숲이
강바닥에 누워 누렇게 마르고 있습니다

붉은머리오목눈이들이 안 보입니다

(중략)

아침이면 떼 지어 날던 가마우지도
거의 보이지 않습니다

강둑길에서 새들 울음소리가 그쳤습니다

(중략)

한차례 흉포한 꿈이 쓸고 간 강 숲에는
바람만
한낮의 조문객처럼 드문드문 다녀갈 뿐

한동안 적적하겠습니다
　　　―「적적 주의보」 부분

"붉은 강"은 생명의 강이 아니라 존재들을 '부재'로 만
드는 "흙탕물"이다. 그리하여 붉은 강이 휩쓸고 가면, 존
재들은 "보이지 않"거나 "안 보"이거나, 그쳐 있게 된다
("그쳤습니다"). 2부에서 유기택 시인이 보여주는 풍경은
이렇게 존재의 '가을'을 향해 있다. 「적적 주의보」는 그런
계절의 도래를 예보하는 메시지이다.

프라이에게 있어서 가을의 원형성은 비극이고 '영웅의 죽음'이다. 여름의 풍요로운 생명성은 가을에 와서 종말을 맞이한다. 2부에 실린「실업 급여」,「실직의 색즉시공」같은 작품들도 모두 이런 의미의 '상실'의 시간을 그린다.

천 년 전 낙타의 추억이 말라붙은 물웅덩이

말라 죽었다는

천 년을 말라 죽는 낙타가시나무 그림자들이
낙타들의 혓바닥을 되새김질하다 소스라치는
저승

그림자 아직 어물거리는 이승

나미브 사막에 있다는
정말 그런가. 아무것도 없다는 나미브

어느 풍문의 헛무덤이 저렇게 당당한가

시내버스는 안 오고 천 원 한 장 동전 몇 닢
나는 어째서 자꾸 호주머니 속으로 손이 가나
　　　　　　　　　　　　　　　―「데드플라이」 전문

이 시는 생명력을 완전히 상실한("말라붙은 물웅덩이"), 완전한 부재("아무것도 없다")의 크로노토프(chronotope, M. 바흐친)를 그리고 있다. 미래는 쉽게 오지 않고("시내버스는 안 오고"), 가난한 화자("천 원 한 장 동전 몇 닢")는 다가올 결핍의 시간이 두렵다("자꾸 호주머니 속으로 손이 가나").

마을마다
구전으로 내려오는 회다지 소리가 조금씩 달랐다

"놀기 좋다고 마냥 노나"
"에헐더리 에헐 덜공"
"수수밭에 새 들었다"
"훠어이"

가을이었다

이제 집으로 돌아가야 한다
슬픔은, 새나 나무들이 대신 살면 된다
—「가을 조상弔喪」 부분

이 시집에는 "집으로 돌아가야 한다"는 표현이 몇 번 나오는데, 여기에서 "집"은 무엇을 가리키는가. 그것은 오디세우스가 오랜 모험과 고초를 거쳐 돌아가려 했던 것과 유사한 실물의 고향 혹은 가정(이타카)의 이미지이기도 하고, 영원한 안식의 의미를 가지고 있는 '생의 종점'(위 시의 제목을 보라)을 상징하기도 한다. 실물의 고향과 죽음의 이미지가 겹쳐지면서 "집으로 돌아가야 한다"는 전언은 오랜 방황과 고뇌를 겪은 사람에게서만 느낄 수 있는 깊고도 외로운 정념을 건드린다. 3부에 나오는 다음의 시를 보라.

길거리 거적문이다

눈알이 툭 불거진 새빨간 자동차가 덴겁해 튀어나오거나
험상궂은 민머리 사내의 두상이 데굴데굴 굴러 나오기도 하고
좀 더 가다 보면 폐업한 정육점이 나오는데
벌써 여러 날
누군가, 고기 진열장의 붉은 형광등 끄는 걸 잊어버리고 있다

싱싱한 유언
우련히 붉어, 들어가 눕고 싶어지는 아름다운 유리관이다

(중략)

흔들리지 않고 서서 겨울을 견디는 나무 사람들을 사랑해야지

지금은 아내의 찻물을 끓여야 할 시간
냉기가 설설 끓는 보름밤
아내는 붉은 달도 안 뜨는 냉방에 싱싱하게 누워 있을 것이다

집으로 돌아가야 한다
—「겨울 안개」 부분

이 시에도 "집"은 가정("아내")과 죽음("아름다운 유리관")의 이미지를 동시에 갖고 있다. 시인이 물의 변용물인 "겨울 안개"를 "길거리 거적문"이라 읽고 그것이 독자들에게 "폐업한 정육점"의 "아름다운 유리관"을 연상시키는 순간, "집으로 돌아가야 한다"는 말이 독백처럼 들려온다. 이 적막한 순간에 화자가 "아내"를 떠올리기 때문에, 그의 "집"은 더욱 그윽해지고 서럽도록 깊어진다.

기다리는 일만 남았다

제가 제 농성을 풀고 흐를 때까지 어르며 기다려 주어야 한다
봄까지 기다리면 된다
이틀이 지났다
사흘째, 다저녁에 지치고 배고픈 모습으로 비냥이가 돌아왔다
관 속에 가두려고만 했던 물도 자유롭게 흐르고 싶었을 것이다
물과 나, 우리 둘의 한파 경보는 아직 해제되지 않았다

벽 속에다 제 길을 가둔 물이 농성 중이다
이 겨울엔 흐르길 거부하는 것들과의 소통을 다시 배우고 있다
―「한파」 부분

겨울의 "물"은 "흐르길 거부하는", "관 속에 가두려고만" 하는 물이다. 화자가 겨울에 배우는 것은 이런 것들과의 "소통"이다. 물의 속성은 "자유롭게 흐르"는 것이고 겨울은 그런 소통에 장애를 일으키는 시간이다. 그러나 겨울은 그 두텁고 무거운 청동 지붕 아래에 불통의 문법을 한순간에 깨뜨리는 생명성을 이미 내포하고 있기도 하다.

갑자기 몰아닥친 바람이 검은 느티나무 가지들을 뎅뎅뎅 울리고 지나갔다
가지에 쌓였던 눈이 가루눈으로 쏟아지며 하늘 공중으로 자욱하

게 풍겼다

　나무들이 먼지 같은 새 떼를 풍겼다
　소란한 바깥을 물끄러미 바라보고 있었다

　겨울로는 좀 이해하기 어려운 후투티 하나가 마당으로 날아들었다
다

　하루아침에, 유리창떠들썩팔랑나비처럼 떠들썩해지고 싶었다던
　k의 자전적 고백이 떠올랐다
　　　　　　　　　　　　　　—「겨울, 후투티」 부분

　한겨울에 나타난 여름 철새인 후투티는 "유리창떠들썩
팔랑나비"처럼 소란스럽게 겨울의 정적을 깨뜨린다. 그것
은 죽음의 시간("검은 느티나무") 안에 있는 생명의 신호
이다. 프라이는 이런 점에서 겨울을 '아이러니'의 장르에
유비(類比)한다. "자욱하게" 퍼지는 가루눈 속을 뚫고 날
아드는 후투티는 화려한 생명성의 상징이다. '물의 시간'
은 이렇게 흐르며 생의 모든 고체성을 녹인다.
　마지막 4부는 봄을 건너는 물의 언어를 보여준다. "봄
날, 나무가 물그림자를 앞세워 강을 건너는 법"이라는 제
목의 시는 단 한 줄로 되어 있다. "애쓴다". 봄의 시편들이

주를 이루는 4부에 "해피 엔딩"이라는 제목의 시가 들어
가 있는 것도 하등 이상할 것이 없다. 봄은 죽음의 시간을
건너 영웅의 탄생을 보여주는 계절이고, 한시적일지라도
이 세상에 해피 엔딩이 있다는 희망을 보여주는 계절이다.
이 희망의 예감은 다시 죽음의 가을이 오기 전, 즉 여름의
끝까지 이어진다.

봄

나를 떠메고
나는 봄내로 둥둥 떠가고

집에는 아무도 없네

없겠네, 봄만 가득하겠네
—「봄 햇살」 부분

 고향도, 죽음도, "아무도" 없고, "봄만 가득"한 "집", 그
런 봄이 시인을 떠메면, 시인은 물의 도시("봄내")를 둥둥
떠간다. 원색의 꽃과 나비와 연인들이 하늘을 둥둥 떠다
니는 샤갈의 그림처럼 유기택 시인의 봄은 "결빙의 연대

를 풀고 흐르기 시작"(「소리의 원점」)한다. 그 길고 깊은 물의 언어는, 만 년 전에도 흘렀고, 만 년 후에도 흐를 것이다.

사는 게 다 시지

1판 1쇄 발행	2021년 6월 30일
지은이	유기택
발행인	윤미소
발행처	(주)달아실출판사
책임편집	박제영
디자인	전형근
마케팅	배상휘
법률자문	김용진
주소	강원도 춘천시 춘천로 257, 2층
전화	033-241-7661
팩스	033-241-7662
이메일	dalasilmoongo@naver.com
출판등록	2016년 12월 30일 제494호

ⓒ 유기택, 2021
ISBN 979-11-91668-03-2 03810

* 잘못된 책은 구입한 곳에서 바꿔드립니다.
* 책값은 뒤표지에 표시되어 있습니다.
* 이 책은 춘천문화재단 후원으로 제작되었습니다.